DISCOURS INOFFICIEUX

DU

MINISTRE DES FINANCES

HORS DE CHARGE,

AVEC LA RÉPONSE,

EN DATE DU LENDEMAIN,

SUIVI DE L'OPINION DE M. HUMANN SUR LE CRÉDIT.

La restauration travaillée en sens inverse, et tour à tour entraînée d'un bord ou de l'autre, en dépit de ses vœux, à l'encontre de ses intérêts, a ouvert sous les pas de la révolution, les plus fatales voies, dont il est maintenant fort difficile de se retirer.

En tête, le fonds d'amortissement, utile d'abord, nuisible ensuite, qui en son exercice de vingt années, avec le seul bénéfice de libérer l'État d'environ soixante millions de rentes, aussitôt remplacés par des émissions à peu près égales, a fait tort de cinq à six milliards, à l'accroissement du capital national, par la levée annuelle de près de cent millions brut, dont les profits accumulés ont ainsi avorté. (*De l'Impôt : du Crédit*, 1831.)

Le dégrèvement de l'impôt foncier qui n'a tourné qu'à l'avantage du revenu, fonds inerte et stérile, et s'est opposé à l'allégement des taxes les plus funestes à la reproduction des valeurs.

Puis la réduction des rentes, qui d'une part a tant contribué à aliéner les cœurs, et de l'autre a tant influé sur le maintien du fonds d'amortissement, dont les effets viennent d'être exposés :

La prime des colonies, qui en faisant perdre au trésor le montant du double droit assis sur les sucres étrangers, est parvenu à forcer la production de 8,000,000 à 80,000,000 de kilogrammes, et maintenant laisse retomber sur les propriétaires, le fardeau de leurs produits bientôt privés de débouchés.

L'entreprise d'Alger, qui conçue à l'effet de donner à la royauté l'appui de la gloire, tout au contraire, l'a précipitée dans l'abîme éternel, et qui est poursuivie à grands frais d'argent et de sang, en dépit de la conscience intime du gouvernement, par suite de la crainte de l'opinon factice ou perfide.

Desquels points, il s'ensuit une charge d'impôts et de taxes, sur les classes misérables et laborieuses, savoir :

Amortissement	64,000,000 fr.
Dégrèvement	50,000,000
Colonies	30,000,000
Alger	30,000,000
	174,000,000

Sans parler de 30 ou 40 millions en frais et faux frais qu'entraîne cette sorte d'impôts et de taxes.

C'est plus de 200 millions soustraits en fractions plus ou moins fortes, du fonds d'entretien de la vie, du fonds de soutien des forces, extraits en façon de dîme anticipée sur les semences dont la fécondation devait jeter de riches moissons.

Et il n'y a nul esprit qui voie cela, nul cœur qui sente cela, dominés qu'ils sont, ou par l'instinct du niais égoïsme, ou par le prestige de la vaine gloire, ou par la magie du faux crédit.

Or, quant au dégrèvement de l'impôt foncier, si insensé qu'il fût, rien n'est à dire tant que les électeurs et les députés frémiront de se laisser naître des concurrens, tant que des propriétaires ne comprendront ni le devoir social, ni l'intérêt agricole. (*Du Tribut de la terre.*)

Quant à Alger, si c'était qu'enfin la conscience donnât de la force et que le bon sens reprît de l'empire, on n'hésiterait pas un instant à rendre le pays au sultan, en s'assurant des priviléges commerciaux, et peut-être en conservant un port sur la côte. (*Le dix-neuvième Siècle à l'œuvre.*)

Quant aux îles à sucre (et puissent les événemens ne pas trancher la question au sujet d'Alger comme à leur égard), c'est la force des temps qui prononce à cette heure, après que l'influence de la raison a manqué de résoudre le problème (1).

Les colons sentent et jugent bien l'état des choses, et probablement sans se promettre avec certitude de parer ainsi aux périls qui les menacent, proposent le seul parti qui laisse concevoir quelques espérances : la liberté réciproque des relations commerciales.

Vraiment, le pouvoir n'a plus qu'à faire choix entre la liberté et la nullité des relations : car avant peu d'années, le marché de France est fermé aux colonies, et les colonies sont perdues, si d'autres marchés ne s'ouvrent pas pour elles.

Il y a ceci de plus, dont il n'a pas été parlé jusqu'à présent, qu'en réduisant le droit des sucres étrangers au taux des sucres coloniaux, le trésor conserverait dans ses rentrées de douane une part de jour en jour accroissante par l'effet de la consommation augmentée à la suite de la baisse des prix ;

Et que les pertes étant ainsi atténuées, il y aurait moyen de laisser prendre plus de consistance et d'extension à la culture des betteraves, avant de la soumettre à un droit d'accise, aussi légitime qu'à l'égard des vins, tandis qu'en même temps la concurrence plus efficace des sucres étrangers, retiendrait cette industrie en son cours trop impétueux peut-être.

D'où, en la seule façon de laisser aux colonies quelques chances de salut, et en même temps de les pousser en la voie

(1) Les colonies n'y peuvent gagner, que de languir quelques jours de
« plus. L'arrêt fatal est porté : des sols vierges, des bras libres combattent
« contre elles. Payez-les plutôt pour ne point travailler, pour ne rien
« produire ; car le coût de fabrique n'est pas couvert par le prix de
« vente. Rendez-leur la liberté ; ce serait encore mieux : l'émancipation
« les formera peut-être, ou du moins déchargera le tuteur de tous ses de-
« voirs. Et la France ne jettera plus dans l'abîme, 30 millions par an,
« pour conquérir le droit de tenir à la chaîne un monde de chrétiens. »
(*Le Ministre*, 1826.)

des progrès de fabrique, il arriverait que le sucre ou le sel du riche, comme il a été dit, se prêterait aux jouissances des classes inférieures, en attendant qu'à l'aide des lois, le sucre ou le sel des pauvres, comme on a dit aussi, fût offert aux nécessités de ces classes.

Progrès à double titre et de même sorte, qui n'est entravé que par la routine et la sottise.

Depuis douze années, la réduction des rentes est convoitée par les richards de la Bourse, est attendue par les pauvrets de la province : ceux-là qui, avec toute raison, somment aux secrets de leur génie, les bénéfices prédestinés à leur incomber par les voies de l'agiotage ; ceux-ci qui comptent sur le livre de ménage, l'épargne advenante par la baisse de l'intérêt et de l'impôt.

Si les premiers ont à être enviés plutôt qu'à envier, le siècle étant tel que par un cercle tant soit peu vicieux, l'opulence donne la puissance et la puissance donne l'opulence ; au contraire les derniers transportés sur les ailes du scrutin, de leur endroit natif si triste et si morne, au brillant et bruyant chef-lieu, se laissent éprendre d'aigre jalousie contre la grande ville.

A ces deux puissances, l'une aspirante et l'autre expectante, voilà que vient se joindre et s'allier la puissance opposante qui de baisse ou de hausse ne se soucie guère, mais qui est possédée de l'ardent désir de débusquer, de supplanter le ministère.

L'opposition est dynastique, se dit-elle : et pas moins, elle n'hésite pas à provoquer une mesure si périlleuse pour le prince bien-aimé.

L'opposition est patriote, se dit-elle : et pas moins elle ne répugne pas à compromettre le repos du pays, à l'effet d'amener l'expulsion du cabinet.

Et, pour le dire en passant, en cela gît le germe de mort du système représentatif ; aussitôt que l'expérience longuement et durement subie, aura démontré que le levier d'influence politique qui en ressort, passe toujours en des mains qui n'en font usage qu'en vue de servir les passions.

Ce serait perdre son temps, son talent s'il y en a, son argent en tout cas, de jeter aux puissances convoitante et expectante, des paroles dont le son ébranlerait en vain le tympan de l'oreille, et dont le sens ne forcerait pas les entrées de l'intelligence.

Toutes les deux sont à l'état parfait de surdité mentale ; ayant l'esprit absorbé, confiné, l'une aux combinaisons d'un ample et large lucre, l'autre aux suggestions de l'étroite et mesquine lésine.

En leur jeu quelque peu égoïste, si le repos, le salut peut-être de l'Etat est mis sur une carte, là du moins, c'est une chance de millions, au lieu qu'ici ce n'est qu'une épargne de patards, dont la tentation entraîne.

Il n'y a à parler qu'à l'opposition seule, qui, épuisée d'efforts, abattue d'espoirs, maintenant ne combat plus qu'à l'effet de s'entretenir au métier des armes, et se repose pour son triomphe futur, sur la foi des hasards, et se rabat aux joies de marquer sa haine, d'exercer sa vengeance, passions d'autant plus vives qu'elles sont plus vaines.

Or où mène la conduite de l'opposition ?

Ceci est d'abord à entendre, que les rentiers sont gens d'ordre et de paix, ayant des calculs par sous et deniers, quant aux dépenses du ménage, ayant des règles à l'heure et à la minute, pour l'emploi des journées.

On menace du moins à l'avenir leurs habitudes de vie, et c'est déja beaucoup : on trouble dès à présent leur quiétude de cerveau, et c'est pis encore.

Sans doute les menaces de ruine ne se réaliseront pas : mais les troubles de la pensée reviendront à la mémoire, en toute occasion.

Ainsi en premier lieu, l'opinion sera aliénée de l'opposition, qui provoque la mesure, et se rattachera au ministère qui s'y refuse : résultat contraire aux fins.

En second lieu, l'opinion s'élèvera enfin contre le prince, dont la puissance n'aura pas aussitôt mis un terme aux débats, et dont l'intention secrète sera exposée aux soupçons : résultat contraire aux vœux.

Quant à l'un et l'autre point, l'apparence du calme trompe : c'est le sommeil de la nuit fugitive et non de l'éternel tombeau. Le feu couve sous les cendres, en l'attente d'un souffle de vent.

Encore si l'opération, l'amputation du cinquième de la vie, avait eu lieu sur l'instant et de plein accord, là, se serait montrée cette magie de la fatalité, devant quoi ne regimbe jamais l'esprit humain.

Mais il y a, il y aura débat prolongé, compliqué, auquel est attaché le caractère du doute, duquel ressort un état de trouble, de crise intellectuelle.

Il y a, il y aura alternative et d'espérance et de crainte, qui peu à peu met en jeu, amène sur la scène les êtres les plus pusillanimes, les moins récalcitrans.

A fin de compte, après qu'à pure perte auront été amassés, accumulés, tant de fermens de haine, d'abord contre l'opposition et puis contre la dynastie, rien ne sera fait.

C'est que l'œuvre est impossible, en ce sens que le prince, quoi qu'il soit dit et d'autant plus qu'il sera dit, ne se laissera pas induire à cette double bévue politique :

Et de battre en retraite, de rendre les armes, après avoir fait mine de résistance ; car appris par l'exemple et fort d'un tel triomphe, désormais le parti vainqueur disposerait de ses destinées ;

Et de prendre à sa charge, le lourd fardeau des malédictions populaires, lequel passe toujours au compte du pouvoir qui exécute ; de se poser en butte à l'explosion de la colère et de la vengeance, laquelle éclate toujours sur la tête qui resplendit.

Cependant, si le projet est impossible, moralement parlant, dans la pensée des antagonistes, de même il est impossible matériellement parlant, d'après les paroles de l'inventeur.

Rien ne démontre mieux qu'au secret du for intérieur, la réduction des rentes, ou laisse quelque doute quant à la conception, ou jette quelque crainte quant à l'exécution ; comme de voir à quel point le projet est scrupuleux, méticuleux, et s'offre tellement limé et rogné, aminci et aplati, qu'à peine lui sied encore le brillant titre dont on le décore.

Si la Bourse ne manque pas d'y rencontrer la bonne fortune qu'elle se promettait, la province doit ajourner à long terme, ses joies, mi-partie d'envie et de lésine.

On conserve aux rentiers sous forme d'annuités, leur intérêt chéri pendant huit ans, et on accorde aux capitalistes une jouissance encore plus longue : non sans gratifier et les uns et les autres, de l'insigne faveur de recevoir des coupons négociables à volonté.

Seulement, afin d'établir l'équilibre du budget, on prélève le montant des annuités sur le fonds d'amortissement qui a été appliqué l'an dernier, en remplacement de l'emprunt, et qui maintenant est adapté au service d'un cinquième des arrérages ; devant passer ainsi par toutes les destinations fiscales, tant l'aversion pour l'allégement des impôts les plus iniques, a pris le caractère de l'hydrophobie.

D'où il appert en dernière analyse, qu'on met tout au risque en ce moment même, à l'effet de se valoir quelque profit en un temps fort lointain : car quant à l'équilibre du budget, si facile à obtenir par les voies d'épargne ci-dessus exposées, si impossible à maintenir avec l'esprit de vertige toujours entraîné à de nouvelles dépenses, il suffisait d'opérer ledit prélèvement, et cela d'un simple trait de plume.

Passons au fameux discours, d'abord chuchotté entre quatre murs, ensuite publié de toits en toits, à ce discours renouvelé du ministre de 1824, ressuscité des glaces du tombeau : car c'est encore, des argumens avancés en sa faveur, que sort le plus manifestement, le néant de la thèse.

Quelle similitude, sinon de parole, au moins de pensée, et certes de pensée rude et dure s'il en fut jamais !

(1824) Qu'on songe aux contribuables, et qu'on nous dise si la réduction du cinquième sur les intérêts des rentes serait plus onéreuse ou moins juste, que l'impôt du cinquième sur le revenu des propriétaires. (*Débats*, 26 avril.)

(1836) Dira-t-on que la réduction appauvrira quelques rentiers? On répondra que l'emprunt et l'impôt appauvriront un peuple tout entier, puisque l'Etat ne peut payer qu'avec l'argent de tous.

(1836) La position respective des rentiers et des contribuables est loin d'être la même..... Le tour des contribuables ne doit-il donc jamais venir? Nous payons encore 6 fr. 80 c. pour 100 fr. : sera-ce donc un immense malheur que de ne plus payer que 3 fr. 80 c. ? (*Courrier*, 26 janvier.)

En cela, et d'un bord comme de l'autre, alors qu'il est fait confusion des créanciers avec les contribuables, de ceux dont le droit résulte d'un acte libre avec ceux dont le devoir ressort du contrat social, se manifeste à tout homme auquel demeure ou revient un éclair de sens, le signe de réprobation d'un projet assis sur une telle base, appuyé par de tels moyens.

Poursuivons et citons, afin qu'on croie.

« Depuis 1830, 800,000,000 de dépenses, qui se traduisent
« en 40,000,000 de rentes : et Alger pèse lourdement chaque
« année.

« Déficit des budgets : 167,000,000, — 38,000,000, —
« 21,000,000, — 17,000,000. Et 30,000,000 abolis sur les
« vins, 20,000,000 enlevés par les sucres.

« L'impôt n'est pas chez nous très populaire ; il ne reste que
« la diminution des charges, et la dette publique est la prin-
« cipale. » (*Courrier.*)

Vraiment ce passage du *Constitutionnel* s'applique ici comme de charme.

(1824.) « Est-ce donc que les rentiers ont acheté le bien des
« émigrés, pour que l'indemnité soit mise à leur charge ? »

(1836.) « Est-ce donc que les rentiers ont accompli la révo-
« lution, ont conservé Alger, ont réduit la taxe des vins, ont
« fabriqué le sucre indigène, pour que la compensation de ces
« pertes soit mise à leur charge ? »

Venons à des incongruités de sorte diverse, de semblable force.

« La loi qui devait amener de si magnifiques résultats eût été
« une loi de confiance..... elle eût imposé l'unique condition
« d'arriver à une économie déterminée en chiffres. » (*Courrier.*)

Une loi de confiance !!!

C'est à dire qu'elle laissait, *ad libitum*, tous les moyens à exercer sur une propriété privée de 100,000,000 fr. de rente : dont il est déjà exposé, celui-ci fort peu loyal, de contraindre à accepter la réduction décorée d'annuités, par la crainte que la rente ne sortît dans une des premières séries à tirer annuel-lement, auquel cas le remboursement pur et simple aurait à être subi.

« Si nous étions en Angleterre, nous offririons *sèchement* le
« remboursement du capital nominal.

Comme nous sommes en France, nous ne l'offrons pas, devait-il être dit ensuite, par cette simple raison qu'il est impraticable ; et en échange, nous y forçons, en tenant le pauvre rentier sous la crainte mortelle, sous la terreur permanente d'être remboursé du capital seulement, à telle époque qu'il plaira d'indiquer à la souveraineté suprême du sort, à dater du jour 20 septembre 1836, pour finir au jour 20 septembre 1848.

Nous n'offrons pas sèchement de rembourser, car faire ne se peut : nous forçons finement de réduire, car faire se veut.

Vienne Desmarets, vienne Terray, tout honteux et confus à voir comment le dix-neuvième siècle est au-dessus du dix-huitième siècle, en fait de tours de passe-passe.

Une loi de confiance ! ! !

Qu'est-ce à dire, sinon qu'il n'y a moyen à cette heure de tracer des règles déterminées, et qu'il faudra au génie se tourner et se retourner, selon la loi qui lui sera faite par la fatalité des circonstances ; si, par exemple, comme il est indiqué dans le discours, un choc inattendu, une époque de souffrance générale, une grande calamité publique pouvaient compromettre le crédit de l'état.

Et voici les magnifiques résultats sous le coup desquels, comme il était facile de le préjuger, les pauvres rentiers perdent et les pauvres contribuables ne gagnent pas.

C'est le ministre de 1824 qui parle à travers l'organe du ministre de 1836.

« Le 5, bientôt atteint par le 4, ne s'élève plus devant la
« perspective du remboursement.

« Le 4 privé de l'attrait de l'intérêt plus élevé, observe une
« distance entre lui et le 5, et la franchira aussitôt qu'aura
« disparu ce concurrent redoutable.

« Le 3, qui est à 92 en Angleterre, fera un aussi grand
« mouvement en avant, quand le 4 demeurera inscrit à la tête
« des fonds. »

Quels magnifiques résultats en effet, du moins pour ceux qui achèteront ou ont déjà acheté du 4 et du 3, ou qui accepteront en échange, du 3 avec des annuités plus fortes que pour le 4 ?

« Considérez que nous avons un système de crédit compli-

« qué, dont les diverses parties s'embarrassent l'une et l'autre. »
(*Courrier.*)

Or s'il est ainsi simplifié et débarrassé, que Dieu bénisse l'inventeur : mais certes, à Dieu ne plaise qu'ainsi la pratique d'agiotage, qui ne laisse pas que de tenir au système dit *de crédit*, soit simplifiée et débarrassée.

Voyez le 4 s'élancer à la hauteur actuelle du 5, aspirant aussi aux honneurs de la réduction.

Voyez le 3 s'essouffler en sa course pour aborder la cote de 92, en attendant mieux.

Voyez les annuités montant à 200,000,000, si la réduction s'opérait entièrement en 4, et fort au-delà, si, comme on l'espère, elle s'opérait pour un tiers en 3 : nouvelle pâture qui manquait apparemment au vampire de la Bourse.

Allons, saute banquier! ce sera le dicton du siècle, au lieu du dicton de l'autre siècle : *Allons, saute marquis!*

A ce moyen, la fièvre à la hausse de 1824 pâlira, auprès de la fièvre de 1836, et comme de nécessité, après le redoublement viendra le déclin, après l'exaltation, la chute.

Tous les fonds seront attirés à la Bourse, tous les esprits absorbés vers la Bourse, laissant l'industrie, l'agriculture chômer en tout point, sauf de bras restant à ne rien faire, et de là, destinés à mal faire.

C'est mettre le feu aux têtes, semer le trouble dans les ménages, amener la ruine des enfans, préparer la chute de l'ordre des choses.

C'est perdre les mœurs, finalement, radicalement; car il n'y a moyen que la vertu, que la raison luttent avec succès, contre les chances alternatives de bénéfice et de perte, qui se rencontrent dans le tourbillonnement de l'agiotage.

Et cela se fait, alors qu'une feinte de délicatesse, qu'une ruse de moralité, venant fort à propos, à l'effet de voiler quelque peu la vie habituelle de cupidité et d'avarice, ont marqué du titre d'anathême cette pauvre loterie, tout au plus coupable à la façon de l'âne de la fable.

Cela se fait, parce que justement les débris épars de tant de fortunes petites et grandes, gisant sur les marbres inhospitaliers de la Bourse, doivent, entraînés par un aimant magique, se rejoindre au fond de certains coffres-forts et s'y accumuler en immense trésor.

Jamais les esprits n'ont été mieux disposés à se précipiter dans la lice fatale, où comme aux jeux du Palais-Royal, après des revers simulés, les banquiers font enfin rafle complète.

Déja les femmes encombrent les sacrés parvis du temple ; et les hommes d'affaire y font offrande, des dépôts de la foi ; et les hommes d'Etat y recueillent les inspirations de l'oracle.

Il n'est pas jusqu'aux hôtels du faubourg, jusqu'aux châteaux de la province, si rigides qu'ils soient et quant au maintien des modes de la société et quant à l'exercice des formes de la religion ; où à l'appel fait aux principes et aux sentimens, en faveur des emprunts de Ferdinand et de Miguel, ne se soient introduites et n'aient été entretenues, les habitudes bientôt tournées en une seconde nature, de l'agiotage.

Magnifiques résultats en effet, pour les magnifiques seigneurs de la Bourse !

Quant à la tourbe taillable et corvéable à merci, désignée sous l'intitulé factice de *la nation* ou du *peuple*, et aux phrases de la tribune et aux pages de la presse, maigres et mesquins sont les bénéfices, même au dire de l'inventeur qui encore enfle le compte.

Dans le discours, il est timidement prédit, 36,000,000 d'épargne si un tiers de la conversion s'opère en 3 : en quoi le fait est fort incertain et le calcul fort douteux.

En supposant toute la conversion opérée en 4, il est garanti 26,000,000 d'épargne : sur quoi il convient de déduire, ainsi que cela est avoué, les supplémens à fournir aux services de la Légion-d'Honneur, des invalides de la marine, des établissemens publics, etc., etc., dont les revenus sont réduits, sans que les emplois soient réductibles.

Le Barême à la main, les rentes mobilisées montent à 108,000,000, dont près de 8,000,000 appartiennent à la caisse des dépôts, à la Banque de France, aux caisses d'épargnes, qui rentrent dans une catégorie analogue.

Et l'Evangile à la main, et la Charte sous les yeux, les 100,000,000 restant, ne s'élèveraient pas à 90,000,000, pour peu qu'il tombe en tête ou plutôt qu'il naisse au cœur, d'épouser l'humain amendement de l'archevêque de Paris, qui entraîna jadis le rejet de la loi.

Le profit net serait de 18,000,000, à huit ans de terme; lequel est à mettre en balance avec le péril net, tel qu'il a été exposé.

C'est si minime que la pensée n'en serait pas venue, *sauf qu'il est de la dignité de la France de ne pas reculer devant les progrès de la civilisation*, dit-on.

Du reste, et c'est le lieu d'exalter à la fois, la loyauté du ministre à ne pas tromper, la sagacité du ministre à ne pas se tromper, la fermeté du ministre à ne pas se laisser tromper; pas un seul mot ne se faufile dans les discours inofficiel et inofficieux, au sujet de la miraculeuse baisse de l'intérêt d'un pôle à l'autre du royaume, immanquablement issue du grand œuvre de la réduction des rentes.

Apparemment cette simple remarque aura été faite par lui, et par lui seul entre les poursuivans de la mesure, que le cercle vicieux se montrait par trop manifeste, en partant de l'intérêt des bons à 2 pour cent, et des terres à 3, et des épargnes à 4, et des prêts à moins de 5, afin de motiver le retranchement quelque peu forcé du cinquième de leur revenu, aux rentiers qui vivaient à peine avec les cinq cinquièmes; et en repartant du susdit retranchement, à l'effet d'en conclure l'abaissement successif, progressif de cet intérêt, au-dessous des taux de 2, 3 et 4 pour cent.

Pour Dieu, si c'est que déja tout va si bien de soi-même, que ne laisse-t-on aller ?

Si c'est que les choses vont sans l'aide de l'homme, pourquoi l'homme irait-il leur porter aide ?

L'expérience n'apprend-elle pas que son aide toujours aventurée est souvent malencontreuse.

Le passé ne rappelle-t-il pas ce qui est advenu par suite ; l'avenir ne présage-t-il pas avec des chances plus fatales encore, ce qui adviendrait par suite.

Eh ! il fallait écouter en 1824 et 1825; il faudrait écouter en 1836 et 1837, ce passage de toute vérité à l'avance, de toute évidence après coup.

« Qu'un certain nombre d'années seulement eût été alloué,

« c''était assez, c'était tout. Les fins du projet de loi se trouvaient
« réalisées : la rente s'élevait à 120, à 130, l'intérêt baissait à
« 4 p. cent.

« Et tel est le caractère des œuvres du temps, qu'elles s'opè-
« rent sans injustices , sans infortunes ; qu'elles se consolident
« à demeure , étant en alliance parfaite avec le mouvement
« progressif des choses.

« Or, qui ne veut pas cela ! qui veut tout faire et ne laisser
« rien à faire ! qui veut tout pour le présent, où rien ne se fait
« qu'à grand'peine, à grand risque ! qui ne veut rien pour
« l'avenir, où tout se ferait sans soins et sans périls ! » (*Du bon
droit et du bon sens :* avril 1834.)

Et cependant, quant à favoriser la baisse de l'intérêt , qu'on
agisse , mais en une façon négative et non positive.

D'abord, en fermant, ou du moins en ne laissant s'entr'ouvrir
qu'à peine les portes de la Bourse , au moyen de la commuta-
tion de la dette en annuités à terme , de la consolidation des
rentes en nature d'immeubles fictifs , de la constitution des
emprunts futurs avec extinction en quatorze années.

Puis, en rendant le bien-être au corps et le bien-aise au
cœur , par l'abolition du fonds d'amortissement, maintenant
diverti aux deux tiers , à tout autre emploi , et par l'allège-
ment des taxes les plus nuisibles à la reproduction des forces
vitales , des valeurs réelles ;

Enfin , si le devoir vient à l'emporter et sur le vain honneur
et sur le faux intérêt , en délaissant Alger, en libérant les colonies , en relevant l'impôt foncier.

C'est ainsi qu'à la fois, les capitaux naîtront des produits sans
cesse accroissans et cesseront de s'enfouir en l'insatiable gouffre.

En toute autre chose, il n'y a que fraudes à Paris, que
leurres en provinces.

Ici, des citations marquantes viennent à l'appui : en premier
lieu de deux écrivains anglais, les plus contrastans en leur
système politique et économique ; en second lieu, de l'inventeur même du plan, qui en ces temps déja passés de mémoire,
ne semblait pas disposé à offrir de tels sacrifices à l'idole du
crédit.

« C'est une déception de supposer que les embarras natio-

« naux peuvent être relevés, en transportant le fardeau d'une
« classe de la communauté qui le porte justement, sur une
« autre classe qui équitablement ne doit pas porter plus que
« sa charge proportionnelle.» (*Ricardo , page* 285.)

« Dans le paiement des intérêts de la dette, une portion du
« revenu de telle classe lui est enlevée et est payée à une autre
« classe sous la forme de dividende. Il n'y a aucune diminu-
« tion de la richesse nationale dans cette opération, et nul bé-
« néfice public ne dériverait d'une réduction des dividendes.»
(*Parnell, page* 275.)

« Le crédit a comme toutes les choses humaines, de bien
graves inconvéniens : à côté de l'usage commandé par la nécessité, est l'abus d'autant plus redoutable que l'instrument a
plus de puissance....

« L'argent qu'on trouve si facilement, on regarde moins à
le dépenser ; et que de profusions attestent que souvent l'Etat
se trouverait mieux de faire plus difficilement ses affaires.

« L'histoire est là pour dire, si le crédit n'a pas servi le plus
souvent à favoriser des entreprises insensées ou perverses: com-
bien de guerres dont le monde ressent encore les blessures,
eussent été impossibles, sans la facilité des emprunts.

« Si nous ne considérons que ses effets inévitables, parce
qu'ils tiennent à son mécanisme même, il s'élèvera bien aussi
quelques doutes sur l'utilité d'un mouvement qui attire sans
cesse les capitaux à un centre commun.

« Evidemment, il ne les attire qu'à condition de leur offrir
des avantages supérieurs, à ceux que présentent d'autres pla-
cemens, et cela par des opérations qui se renouvellent et se
perpétuent.

« Voilà donc une machine qui détourne constamment les
capitaux de leur route naturelle : voilà des revenus, des bénéfices sans travail : voilà l'agiotage, entretenu, propagé. »
(*Rapport sur le projet de loi relatif à l'amortissement*, 1831.)

Extrait d'un écrit, février 1830.

On n'a pas le droit de rembourser la rente.

Surtout on n'a pas le droit de la réduire en simulant des offres réelles.

Un droit naît avec l'acte, sort de l'acte même ; ni le débiteur, ni le créancier n'en avaient l'idée.

Un droit ne surgit pas à l'égard de ce qui est consommé : ce serait un effet rétroactif.

Un droit n'apparaît pas à la convenance d'une partie ; il y aurait iniquité pour l'autre.

Un droit n'est acquis que par la coutume ou la convention : jamais elles n'ont existé.

Un droit ne s'invente pas par analogie : d'ailleurs elle ne se rencontre pas.

Un droit ne se fonde pas sur un artifice : l'amortissement a forcé le cours de la rente.

Un droit ne s'exerce pas comme par accident : la baisse peut succéder à la hausse.

Un droit impose un devoir collatéral : après avoir réduit, il faudrait consacrer le fond d'amortissement.

Un droit suppose un devoir corrélatif : en réduisant l'intérêt au cours de 110, on serait tenu de l'augmenter au cours de 90.

Les rentiers sont créanciers, sont citoyens.

Au titre de créanciers, l'Etat est débiteur purement et simplement : son droit s'est épuisé lors du versement des fonds ; son devoir est engagé au paiement de l'intérêt.

L'Etat et le gouvernement du roi, ou le parlement formé des trois pouvoirs, est partie obligée.

Dans la vérité, il n'y a pas de cause, de matière à procès : le contrat est là.

Suivant l'équité, en cas de procès, les deux parties doivent être entendues.

Suivant l'équité, une partie ne peut être juge dans sa cause.

L'Etat est d'autant moins en titre, après que la rente a déjà été réduite par un acte de violence.

Il est d'autant moins en titre, en ce qu'il ne peut garantir contre le retour d'une semblable mesure.

Qu'on y prenne garde : depuis l'origine des sociétés, il s'est commis plus d'iniquités, plus d'atrocités, sous les formes de la loi, qu'en toute autre façon.

En qualité de citoyens.

L'Etat est tuteur des rentiers, ainsi que de toutes les classes de la société.

Il doit les protéger de même que les autres, les défendre vis-à-vis des autres.

L'Etat reste neutre : le débat est entre les rentiers et les contribuables.

Sous ce rapport, l'Etat se fait juge à bon droit : seulement il est tenu à rendre justice.

Ce qui sert ailleurs, nuit ici : ceux-là sont enrichis, ceux-ci sont dépouillés.

Le mal est très sensible, le bien est imperceptible.

Rien n'autorise donc, rien n'engage donc.

Qu'on y prenne garde : la majorité tend à faire passer son intérêt en loi, à faire subir sa loi à la minorité.

Le cri presque unanime étouffe les plaintes éparses : la conscience y est trompée.

Et l'existence, la liberté, la fortune demeurent sans garantie.

Ce serait un premier pas.

A l'égard de l'Etat, il n'en résulte ni formation de nouvelles richesses, ni accroissement du capital national.

Quant aux membres de l'Etat, en ne remboursant pas, le 5 et le 3, remis au niveau, s'établissent au cours mitoyen, au denier vingt-cinq environ.

Et l'argent pleut aussi bien ou même davantage, n'étant plus commandé au service de l'agiotage.

Puis, le taux de l'intérêt contractuel ne se règle point sur celui de l'intérêt bursal.

Deux causes générales le déterminent : l'abondance des fonds et la rareté des emplois.

Une cause spéciale y influe : le degré de sécurité, de ponctualité des paiemens.

Dans l'agriculture, des retours lointains et incertains tendent à le tenir élevé.

Dans l'industrie, sa baisse ne favorise que la concurrence au-dehors, et souvent détermine au-dedans un excès de production.

A. PIHAN DE LA FOREST, Imprimeur, rue des Noyers.

www.ingramcontent.com/pod-product-compliance
Ingram Content Group UK Ltd.
Pitfield, Milton Keynes, MK11 3LW, UK
UKHW022234080726
13614UKWH00007B/2558